聖迷迭香書院
推理七公主

ST. ROSEMARY COLLEGE

CASE

4

怪盜輝夜姬
的挑戰書

作者　　　　　　繪畫
卡特　×　魂魂SOUL

目錄

聖迷迭香書院

高中部學生會

登場人物介紹

張綺綾
總務
巨蟹座＊O型血

資優生，從一萬多個報考者中脫穎而出，以全科滿分的成績考獲全額獎學金入學。擅長推理和觀察，對眾人聲稱擁有「超能力」不以為然。

林紫晴
會長
獅子座＊A型血

一旦決定了的事情就不會改變，有效率，但固執，不擅交際。她也是聖迷迭香書院裡的權力核心，只要她決定了的事，就會變成事實。

林紫語
副會長
獅子座＊A型血

和會長是學生姊妹，比會長開朗、實際和易相處，掌握學生會的所有事務，是師生們的好幫手。她聲稱跟姐姐一樣，擁有「心靈感應」的超能力。

郭智文
秘書
水瓶座＊B型血

作男性打扮，像影子般一直陪伴在會長左右。她有超乎常人的辦事效率，經常在會長開口前就已完成任務。聲稱擁有「過目不忘」的超能力。

司徒晶晶
宣傳
金牛座＊O型血

身型嬌小，經常穿著可愛的服裝，但思想實際老成穩重。她是消息最靈通的人，也最多朋友、最多人信賴。聲稱擁有「讀心」的超能力。

曾樂盈
司庫
處女座＊A型血

對科技和理科的了解非常深入，認為所有事情都「有因有果」，只要弄清前因後果，就能解構世界。聲稱擁有「預知未來」的超能力。

阮思昀
福利
雙魚座＊AB型

非常博學，通曉古今文學、電影、文化和哲學。性格文靜，不過一旦談到她喜歡的話題就會停不下來。聲稱擁有「隱形」的超能力。

羅勒葉高校
學生會

鄭宇辰
天秤座 ＊ A 型血

鄰校羅勒葉高校學生會的會長，和會長姊妹家族是世交。對小綾萌生了情愫，在聯校舞會上表白，即場被拒絕了。

陳非凡
天秤座 ＊ O 型血

羅勒葉高校學生會副會長，明明有著一副不良少年的樣子，但卻又架著一副文學氣息十足的眼鏡，感覺有點矛盾。

推理學會三人眾

舒洛

偶像是福爾摩斯(Sherlock Holmes)；中二病，認為自己是名偵探，但她的推理大多只是推測或者幻想。

嚴卉華

體育健將，身高175cm，同時是籃球、排球還有田徑校隊隊員；惜字如金。

白茀茀

天然呆，經常不在狀況，聽不到大家講話；聽到的時候，會發出厲害的吐糟。

　　一月三日，冬日陽光非常燦爛。在新一年的
第一個上課天早晨，橙紅色陽光映照在聖迷迭香
書院的校舍上，讓本來高貴脫俗的校舍，此刻顯
得生機勃勃，讓人感到新年新氣象。

　　小綾穿上管家小艾為她燙得平平貼貼的學生
會版制服，像平日一樣走在來往宿舍和校園的步
道上。步道兩邊種著鮮紅色玫瑰，在寒冷的冬天
中孤高地守護著凋零的枝葉。冬天就是一個這樣
的季節，不過也許就是要有寒冷的一月，才能映
襯出大地回春時的溫暖有多麼美好吧。

　　小綾進入建在半山、佔地幅廣的校舍，再一

次穿過那條她已經走了三個月的走廊後進入課室，向課室內同學們點頭問好。經過寒假短暫地回家生活兩星期後，大家再次回到寄宿的校舍上學。

離開上課的時間還有十五分鐘，突然，從走廊那邊傳來奔跑的聲音，小綾知道這個時候，既不是要趕上課，也不是要轉課室，會在走廊這樣跑步的，一定是那個忙著和所有人打招呼、這校中人緣最好的人——學生會的宣傳，司徒晶晶。

「大家好！小綾，你回來了嗎？」晶晶跑到小綾的課室門外，在和大家打過招呼之後，大力地對小綾招手。

小綾沒有立刻答話，而是慢慢地站起來，向那個雙手還撐著門框的晶晶走過去。

「嗯，是不是會長找你來問我，為甚麼早上沒

到學生會室？」小綾笑著問晶晶。

「果然是『天才推理少女小綾』，甚麼都可以猜到。」晶晶頂著燦爛的笑容回答。

「現在只剩十五分鐘就開始上課了，過去也來不及啦；我中午到那邊吃飯吧，我也很掛念會長呢！」小綾臉上也流露出一個真誠的笑容。

「我也差不多要回自己課室，中午你要來學生會室喝茶啊，否則會長會以為我沒來找你的。」晶晶還沒說完，就轉身飛奔到下一間課室。

小綾在寒假期間回到了自己的家，和家人一起渡過了兩星期，直到昨天晚上才回到宿舍。她明明有傳訊息給會長說自己早上會直接到課室的，但會長就是這樣，總是不把別人的話聽進去。

經過了三個多月的校園生活，小綾和剛開學時已經判若兩人。還記得第一天走進這課室時，即使她是萬中選一的獎學金得主，但大家對她是不理不睬的；到了今天，小綾已經完全融入了學校這個「小社會」，她在學生會交到要好的朋友，在班房內、校內得到了關注。

每天和會長、副會長加上學生會幹事們在學

生會室內喝茶聊天，成為了小綾最放鬆的時間。剛開始時，是多麼的受寵若驚；但到了今天，小綾已經習以為常，懂得好好地享受校園生活了。

上午的課堂在不知不覺間已經全部上完，午休時間開始的鐘聲響起。小綾開始感到肚子餓，於是她從書包中拿出管家小艾準備給她的便當，準備到學生會室，一邊和學生會的幹事們聊天喝茶，一邊吃午餐。

但這時，走廊上再次傳來奔跑的聲音，和今天早上不同，小綾聽出這腳步聲中大約有三到四個人。晶晶絕對不會這樣聯群結隊地在走廊上奔跑，那究竟是誰呢？

突然，奔跑聲音停止，課室門外出現了三個女生。站在中間的，穿著一件啡色長褸，頭上戴

著一頂貝雷帽，手上拿著一支用 Pocky 餅乾加上棉花糖做成的煙斗；左邊的，身材高䠷，短頭髮，穿著標準的運動服裝，一副運動健將的樣子；右邊的，穿著一件粉紅色的洋裝，結著一條小辮子。

「那個就是張綺綾，我認得她，舞會時大出風頭的傢伙！當時我站得很近舞台，看得很清楚那天的告白宣言和拒絕宣言，真是精彩得無話可說！」拿著「Pocky 煙斗」的女生對運動裝女生說，但聲音卻大到整個課室都聽到。

運動裝女生沒有回答，只是點了點頭。

「嗯嗯，我知道，就是那個穿天藍色套裝，拒絕羅勒葉高校學生會長表白的人吧！」穿粉紅色洋裝的女生接上話。

「你們找我有甚麼事嗎？」小綾手中拿著便當，

走到門前問。

「你就是『天才推理少女小綾』吧？聽説你為學生會解決了不少案件，還抓到了連環殺人犯，這樣下去，我們『推理學會三人眾』的顏面何存？我們要賭上『聖迷迭香書院——推理學會三人眾』的名號來挑戰你！」拿著 Pocky 煙斗的女生大聲宣告。明顯，她就是這三人中的老大。

「對不起，我對這種事沒興趣，我要去吃飯了。而且，我也沒有抓到過連環殺人犯。」小綾想告辭，但那幾個女生沒有打算讓開。小綾歎一口氣，她明白到，在沒處理好她們三人的「挑戰」之前，似乎都沒法子去吃午飯了。

「不好意思，我們會長就是這樣，總是活在自己的世界當中。我們是推理學會的三名成員，戴

舒洛

卉華　　　　　　菲菲

著貝雷帽的這位是我們的會長——舒洛；旁邊高

大的是——卉華，而我則叫做——菲菲。」穿粉

紅色洋裝，名叫菲菲的女生眼見小綾臉帶不悅，

連忙出來打圓場，接著說：「其實事情是這樣的，

學生會規定，一個學會如果於二月前參加人數不

足五人的話，就要強制解散。」

「你們現在只有三人，所以想我到學生會幫你申請延期？還是希望我幫你們找新的成員？」小綾本能地就開啟了「推測模式」。

「不！我們是要在推理上戰勝你！如果我們贏的話，你就要加入推理學會。」舒洛舉起了她那個Pocky煙斗，用棉花糖那邊指著小綾說。

「這我就不明白了！即使我加入了你們學會，也只有四人，還是會在二月前被強制解散吧？這根本解決不了問題。」小綾一邊搖頭一邊說。

「那些事之後再算，快點接受我們挑戰吧！」舒洛沒有理會小綾的理性分析，完全浸沉在自己的世界當中。

「我幫你們到學生會申請延期或者寬限吧，但挑戰呢，就不需要了。」小綾再次嘗試離開課室，

但身材高大的卉華繼續擋在小綾前面。

你最好接受。

一直沒有說話的

卉華，終於開口了。

這時小綾才發現，她們幾個的互動引來了不少學生的圍觀。旁人紛紛地在耳語，再這樣下去的話，不但會長會因為小綾遲到而不高興，事情亦只會愈來愈麻煩。

「給我一些時間考慮好不好？我約了學生會的幹部們一起吃飯，現在已經快要遲到了。」小綾使出緩兵之計。

「你，帶我們一起去。」卉華簡潔清晰地說出建議。

「對啊，如果你輸給我們，你就要退出學生會了，所以先和學生會的各位交代一下也是好的。」舒洛一邊拍手掌一邊說。

「唉，你們喜歡吧。」小綾實在拗不過這三個活寶。

　　這時卉華終於讓開，小綾成功離開課室，舒
洛和卉華跟在小綾後面，一起向學生會室走去，
但菲菲卻留在原地，沒有和大家一起走。

喂！出發啦！

　　舒洛回過頭來對菲菲說。

　　「甚麼？小綾決定加入我們了嗎？」菲菲這下
子才回過神來，問了一條完全在狀況外的問題。

　　「不是啦！你由哪時開始遊魂了？」舒洛輕輕
的用拳頭敲了一下菲菲的頭，也沒等菲菲回應，

就直接把她拉著走了。

推理學會三人眾就這樣跟著小綾，走到學生會室門前，而那道大門在小綾到達的那一刻，就自動打開了。

小綾知道學生會的大門沒有安裝自動開門系統，門會這樣自動打開的話，就代表智文在學生會室裡面。只有智文，才有這種在你還未敲門之前，就幫你開門的能力。

「請進來。」果然如小綾所料，智文就站在大門後，看到四人之後說出了這句話。

會長林紫晴坐在紅木會議桌的正中間位置，放在她前面的是一堆文件。她一份一份地正在文件上面蓋章，平日總是躲在學生會專用圖書室看書的思昀，今天就站在會長的旁邊，把文件分類

和收好。會長和思昀中間的桌上有一座甜品塔，上面有三文治、小蛋糕、曲奇等等的食物，相信是會長的午餐。會長右手的位置附近放著會長專用的白底黑繩紋 Hermès 茶杯，茶杯內盛著的是茶香濃郁的 Earl Grey。

「啊，小綾你來啦？」會長完全無視站在小綾身後的推理學會三人眾，直接和小綾打招呼。

「嗯，我來了。」小綾亦不急著介紹她們三個，逕自走到會長對面的位置坐下；

而同一時間，智文已經準備好小綾專用的藍白間花紋的 Royal Albert 骨瓷杯子，並在小綾剛剛坐好的那一刻把茶倒滿。

　　小綾打開管家小艾做給她的便當，裡面是一份黑松露炒蛋三文治，伴著青菜和車厘茄的沙律，小綾拿起三文治，小小的咬了一口，黑松露的清香伴著入口即溶的炒蛋，在口腔內徘徊不散，加上烤得剛好軟硬適中的無麩質麵包，果然是絕配。

　　舒洛眼看小綾和會長都沒有理會她，心情相當不愉快。

　　「三位來學生會有甚麼事嗎？」智文為了緩和氣氛，主動搭理舒洛。

　　「我們是『推理學會三人眾』！我們要在推理上戰勝你們學生會的『天才推理少女小綾』，如果我們贏的話，小綾就要離開學生會，加入我們推理學會。」舒洛吸了一口氣，大聲地說出挑戰宣言。

　　「甚麼？聽起來非常有趣！論到推理，我們家的小綾可是不會輸給任何人的！如果是小綾贏的話，你會怎樣？」會長停下手上的工作，睜大雙眼看著舒洛。

　　「如果是你們贏的話，我們推理學會就此解散。」舒洛用肯定的語氣說，還用手抖了一抖她手

中的 Pocky 煙斗。

「我就說嘛，即使我輸了，加入你們也只有四人吧？不夠五人的學會最後還是要解散，所以別搞甚麼無聊的比試了，好好地招收新會員啦。」小綾沒有回頭去看推理學會的她們，再吃了一小口三文治。

「反正小綾不會輸，如果小綾輸的話，我就寬限學會最低人數為四人。反正五個人這個規定，我也是隨便訂出來的。」會長自信滿滿地指著推理學會三人眾。

「那麼，由誰負責出題好呢？」站在舒洛身旁的菲菲突然提出一個會長和舒洛都沒想過的問題。

小綾用手按著自己的額頭，一副不忍卒睹的樣子。

　　這時，智文突然無聲無息但似有感應似的走向門邊，把門打開；原來副會長剛好來到了學生會室前。副會長手中拿著一枝竹筒，長大約二十厘米，顏色翠綠得近乎晶瑩通透。

　　「紫語，你來得正好，有人要在推理上挑戰小綾呢！」會長對副會長揮手，然後說。

第 2 章
怪盜輝夜姬

「這！這個是怪盜輝夜姬著名的預告狀！」舒洛指著副會長手中的竹筒，大喊。

「怪盜輝夜姬？」小綾並未聽過這人。

「對啊！怪盜輝夜姬──全世界偵探的假想敵！俠盜的代表！每次她偷到東西後，最後都會把錢全都送給窮人！」舒洛露出一副崇拜怪盜的表情，語氣誇張。

「我好像在新聞中聽過這個名字，是一個讓全球執法機構都頭痛的名字呢！」會長手托著下巴，若有所思地說。

「嗯，她一次也沒有被捕過，而且還留下了許

多不解之謎。」擁有「過目不忘」能力的智文說。

「對啊，從來沒人見過她的真面目，她的身份、國籍、外形全都是一個謎；更厲害的是她的偷竊方式，就好像魔法一樣，沒人知道是怎樣做到的。」舒洛就好像一個小擁躉談著她的偶像一樣。

「這世上沒有魔法、也沒有魔術,只是你們察覺不到她是怎樣做到的罷了!」小綾有點不服氣,心中覺得「魔法」甚麼的,只是大家誇張的描述罷了。

「那你又來推理看看吧!就用著名的《維納斯的誕生》被偷事件做例子,你能夠推理到她是怎樣把畫偷走的嗎?」舒洛不服氣地説。

「事件的發生經過是怎樣的?」小綾一臉認真地問。

「如果由我來説的話,你一定會覺得不公平吧。」舒洛叼著 Pocky 煙斗啜了一下嘴,卻不小心把那枝 Pocky 弄斷了。

「我不會啊。哪些是主觀的感覺、哪些是事實的陳述,我還是聽得出來的。」小綾拿起自己的

Royal Albert 專用茶杯，呷了一口。

「我看，你應該知道《維納斯的誕生》被偷事件的經過吧。」舒洛把 Pocky 和棉花糖都吃掉，然後對智文説。

智文看了一眼會長，會長對她點了點頭，智文接收到這個訊息後，開始用大家都聽得到的聲音開始説明。

「當時的新聞是這樣報道的：位於意大利佛羅倫斯的烏菲茲美術館，意大利文叫做 Galleria degli Uffizi，是佛羅倫斯最有名的藝術博物館……」智文一邊説，一邊拿起茶壺幫剛坐下的副會長倒茶。

「感謝。」副會長把竹筒放在桌子上，接過茶杯。

「……而烏菲茲的鎮館之寶，就是畫作《維

納斯的誕生》。這幅文藝復興時期畫家 Sandro

Botticelli 的作品，由 1815 年開始，就已經放在烏

菲茲美術館了。」智文繼續說。

　　「這樣出名的作品，即使能偷走，也一定會

被逮著的；這世上就只有怪盜輝夜姬，才有這種

膽識。」舒洛從口袋中拿出一盒 Pocky 和一包棉花

糖，重新製作她的「煙斗」。

「就在兩年前，烏菲茲的館主收到一個竹筒，竹筒入面有一封挑戰書，預告要在一星期之內，從館內偷走《維納斯的誕生》。」智文一邊說，一邊幫推理學會三人眾準備好客用的 WHITTARD 素色茶杯。

「那時可是超級轟動的，各大媒體紛紛趕到佛羅倫斯，希望可以抓到怪盜輝夜姬的尾巴。當時我父母也帶了我去意大利，整個城市因為這件事喧鬧起來。」舒洛手舞足蹈地說。

「館長當時有想過要不要先把真跡運走，但經過考慮後，決定把畫作留在原地，但加強了保安。」智文用朗讀報紙的聲音說。

「加強保安這種說法太過輕描淡寫了吧？他們把整個烏菲茲博物館封鎖，外面重重圍著都是軍

隊，還安裝了紅外線探測器和壓力探測器，任何東西只要接近畫作的五米範圍，警報就會響起。」舒洛忍不住插嘴。

「她的說法沒有誇張，在收到預告後的四小時內，所有佈防就完成。」智文把茶分別倒進推理學會三人眾的茶杯中。

「然後呢？畫作是消失了，還是被掉包了？」小綾一邊聽，一邊思考可能的犯案方式，於是發出疑問。

「是被掉包了！在這一星期內，沒有任何人越過封鎖線，警報亦從來沒有響過，但當一星期過去，館內的專家就發現畫作被掉包，換成了一幅像真度很高的贗品。」舒洛說完，拿起茶杯喝了一口，臉上露出佩服的表情。

「之後呢？事件弄得這麼轟動，那個怪盜輝夜姬沒可能把《維納斯的誕生》賣出去吧，她一定是要求贖金之類，然後就把畫送回去了，對嗎？」小綾看來已經有點頭緒，知道輝夜姬是如何犯案的了。

「對，小綾猜中了，她提供了一個捐款網站，說如果籌到一億美元的話，就會把畫物歸原主。」智文幫會長添了茶。

「不到兩星期，款項就達標了，因為大家都知道，輝夜姬是一個俠盜，她偷來的錢，一定會用來分給窮人的；我也把一個月的零用錢全捐出去了。」舒洛說。

「最後畫就原封不動地回到原位了，對吧？」小綾一臉胸有成竹。

「不是啦，輝夜姬把畫作包好，放在佛羅倫斯著名的景點 Ponte Vecchio 大橋路上正中間，博物館的人接報才連忙過去接收，但畫作沒有被損害分毫卻是真的。」智文把茶壺放在會議桌上，然後說。

「小綾是不是已經知道她犯案的方法了？」會長從小綾的臉上看到一個自信的笑容，她估計，小綾已經有答案了。

「舒洛你是怎麼想的？你到過現場，對這案件的研究很透徹，應該有想過她是怎麼把畫偷走的吧？」小綾想知道舒洛有沒有想到那一點。

「我是有一個猜想，不過沒有證據。」舒洛把 Pocky 煙斗放到嘴裡，一隻手托著下巴，一副名偵探的模樣。

「我同樣有個猜想，也沒有證據，說不定我們

的想法一樣呢？」小綾看著舒洛的眼睛，認真地說。

我認為，怪盜輝夜姬在烏菲茲那裡挖了一條地道，然後用她那非凡的身手避過了感應器，再從牆壁裡邊把畫偷走的。

舒洛對自己的答案充滿信心。

「這……」小綾一臉失望，她沒想過舒洛的推理居然會如此粗疏。

「你也是這樣想吧！只有這樣，才沒人發現她啊！」舒洛挺起胸膛，信心滿滿地說。

「這是沒可能的，如果是用地道的話，施工時會有很大的聲音吧？而且，畫作被掉包後，軍隊、館方和警察都一定有詳細地搜查過案發現場，要是有一條通到畫作牆壁的地道，又怎可能不被發現呢？」小綾搖了搖頭。

「那你說說是怎麼偷走的？」舒洛一臉不服氣，一口把「煙斗」上的棉花糖吃掉。

「怪盜輝夜姬確確切切把畫偷走了，而且運到另一個地方收起來，這是一個事實，沒人會有異議；但大家都沒有注意到一點，就是畫可能並不是在守衛森嚴那一星期被偷的。」小綾伸出一隻手指向前指，用要指出真相的氣勢說。

「你是說，畫作可能預先就被掉包了？」會長把一整層的三文治吃完，臉上帶著滿足的表情。

「嗯，有可能，但我認為是在一星期後，把真畫鑑定成膺作後才被偷走的。」小綾看見會長滿足的表情，禁不住嘴角微微向上翹。

「你這個推理才是沒可能吧，一收到挑戰書後，館長就立刻帶同專家去檢查那幅畫了，而一星期後，也是由專家鑑定畫作被換成是膺品的！」舒洛反駁說。

「你剛才不是說沒人知道怪盜輝夜姬真面目嗎？無論她的身份、國籍、外形全都是一個謎吧？我假設她是一個易容高手，就可以騙過整個美術館的人，扮成鑑定名畫的專家或是館長，甚至乎，在更早的時候，她就可以用正常的途徑申請成為名畫鑑定專家。如果專家或者館長的真正身份就是輝夜姬的話，檢查甚麼的，就可以全都

是謊話了。」小綾推斷。

「以怪盜輝夜姬的身手，在一般保安的情況下，要偷走《維納斯的誕生》就簡單得多了。」會長配合小綾的推理。

「沒錯，在收到挑戰書前，那幅畫並沒有戒備森嚴，但還是會有防盜的系統吧？如果我是假扮成『專家』的怪盜，我就會在鑑定那幅真跡是贗作後，再自告奮勇負責把贗作處理掉，就可以大搖大擺地拿著真跡走出博物館了。」小綾充滿信心地推理。

「但你沒證據證明事實是這樣吧？」舒洛沒有再製造一把新的 Pocky 煙斗，她完全被小綾的氣勢壓倒了。

「我一開始就說這是一個猜想吧！雖然要證實也不難，只要追查一下館長和專家就好了，他們應

該在事件不久後就離職，然後就再沒人能找到他們吧。」小綾對舒洛施以最後一擊。

會長用一副高高在上的目光掃向推理學會三人眾。

「這不算！我們的猜想都不能證實對錯吧⋯⋯這只能算平手！再來一場！」舒洛當然不肯認輸。

「對。不算。」惜字如金的卉華說了進入學生會室後的第一句話。

第3章 亞森羅蘋與竹取公主

這個故事真是精彩呢！

一直沒有作聲的思昀突然一邊拍手一邊說。所謂「隱形」這個超能力真的名不虛傳,小綾進門時明明就有看到思昀在幫會長處理公務,但後來就自自然然地忘記了她的存在。

「這不是故事,是真實發生的事啊。」會長提醒思昀。

「那個怪盜輝夜姬的設定,是參考法國作家

莫理斯·盧布朗筆下的俠盜始祖亞森羅蘋的吧？亞森羅蘋精於易容之術，可以隨時化身為任何人，雖然每個人都知道他是個英俊瀟灑、風流倜儻的人物，事實上卻從來無人見過其廬山真面目。他不但為人爽朗、行動敏捷、個性樂觀，而且對女性慇勤有禮、體貼細心。他最愛鋤強扶弱、劫富濟貧，犯案手法更加是神乎其技，令人摸不著頭腦。最出名的佚事嘛，當然是作者盧布朗強行挪用另一作家柯南·道爾的人物福爾摩斯，把他一併寫進故事內，讓這個推理小說歷史上最強的偵探被羅蘋耍得團團轉；在小說出版快要一百年後的今天，常常還有書迷評論究竟兩個角色誰比較強呢！」思昀一談到書，就不容易停下來。

「一定是福爾摩斯較強啦！」舒洛忍不住參與

討論，看來她就是思昀口中那些書迷了。

「很難説啦，由盧布朗執筆，當然會是羅蘋贏；由柯南・道爾執筆的話，贏的就一定是福爾摩斯了。畢竟兩個人都是作家筆下的虛構人物吧。」思昀回答，二人的話題愈扯愈遠了。

你們兩個先等等……

副會長打算打斷她們的對話，説回正題。

「吖！還有還有，名字『輝夜姬』是來自日本最早的物語作品《竹取翁物語》裡的女主角竹取公主啊！輝夜姬是從竹筒中誕生的女嬰，三個月就長成亭亭玉立的少女，然後有不同的貴族來向

她求親，都被她提出的難題難倒，無功而還。說起來，輝夜姬還可以算是提出推理問題的始祖呢。到了現在，由輝夜姬誕生的不同作品多不勝數，如果有留意日本文化的話，就會發現這個從竹筒裡面誕生的嬰孩可以說是無處不在……」思昀沒有理會副會長，繼續她連珠爆發的小說介紹課堂。

「思昀。」會長這時輕輕地叫喚了思昀的名字。明明會長和副會長樣貌相同，聲音也差不多，當副會長喊停思昀時，思昀好像完全沒聽到似的；但當會長喊出她的名字後，她立刻冷靜下來，然後不由自主害羞地退後了兩步。

「對，我們返回正題吧，我剛剛在學生會的專用郵箱內看到這東西。」副會長清了清喉嚨，拿起手上那個綠得晶瑩通透的竹筒，然後對大家說。

　　小綾這時已經把便當吃完，把盒子重新蓋上後，站起來走到副會長身邊，接過那個竹筒。

　　「這個……這個絕對是怪盜輝夜姬的挑戰書吧？」舒洛看著那個竹筒，雙眼發光，直接衝過去小綾身邊把竹筒搶過來。

　　小綾吃了一驚，但想到怪盜輝夜姬對舒洛來說應該是偶像般的存在時，又覺得她的無禮舉動情有可原。

　　舒洛拿著竹筒仔細地觀察，發現竹筒的正中間有一道空隙，於是沿著空隙打算把竹筒扭開，嘗試了幾下之後，竹筒真的被扭開了，分成兩截，感覺就像一個圓筒形的暖水壺被扭開了蓋子一般。

　　竹筒入面，是一封信，舒洛把信拿出來，大聲宣讀：

A Side

05:09   Happiness is a Warm Gun

10:04   Here Comes the Sun

12:03   Yellow Submarine

06:19   Sgt Peppers Lonely Hearts Club Band

03:04   Think for Yourself

B Side

07:18   I Want to Hold Your Hand

05:10   Norwegian Wood

02:05   Yesterday

11:01   Lucy in the Sky with Diamonds

04:12   Please Mr Postman

怪盜輝夜姫 參上

「這是甚麼？唱片的內容嗎？」會長首先提出疑問。

那些全都是 The Beatles 的歌吧，我父親是他們的忠實歌迷，每次假日父親都會和我一起聽他們的唱片的。

菲菲加入討論。

「但輝夜姬不是用這個竹筒來送挑戰書的嗎？為甚麼會變成把唱片的曲單傳來？而且那些數字是甚麼？歌曲的長度嗎？」會長繼續接連地提出問題，希望有人可以作出解答。

　　眾人把目光投向小綾和舒洛，在學生會室內能破解這信上謎題的人，大概就不出這二人吧。

　　「HHYST，INYLP。是藏頭詩嗎？我知道了！是 He Heist Your Sound Track，I Need Your Lost Paper！輝夜姬說有人搶了你的唱片，她要拿去你的證書！」舒洛有點草率地說出猜測。

　　「你這種是哪門子的推理？完全沒邏輯可言，已經可以算是隨便拿幾個英文字母去造句了！而且那句英文還語意不通，不知所云。所謂推理需要的是更嚴謹的邏輯驗證，無論出題的一方，還是答題的一方，都要好好地作合理的推斷，而不是隨心的創作。」小綾被舒洛的推理弄得緊皺眉頭，因為那實在是粗疏得離譜。

　　「那你來說說，這究竟是甚麼？」舒洛反嗆。

「我有點頭緒了，但是得出來的結果有點奇怪，意義不明。」小綾作沉思狀。

「那不就跟我的一樣嘛！我也覺得剛才那句英文有點奇怪，意義不明。」舒洛嘴巴上可不饒人。

小綾沒有空閒去和舒洛鬥嘴，她拿起那封信，仔細地察看還有沒有可疑的地方。信紙是非常普通的白紙，沒有用隱形墨水沾過的痕跡，字是用打印機列印上去的，沒法看出筆跡，沒有任何能解答小綾心中疑問的東西。

於是小綾放棄那封信，改為去看裝著信紙的

竹筒，兩截晶瑩通透的竹筒用鏍旋紋扭在一起，
兩截各佔竹筒長度的一半。而小綾發現，竹筒扭
開之後，入面刻著排列奇特的英文字母。

一邊（A Side）是這樣的：

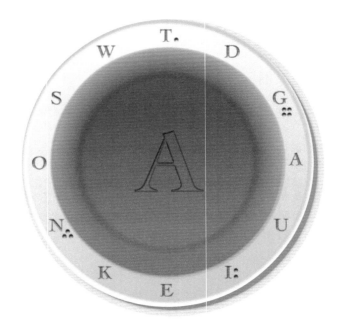

另一邊（B Side）是這樣的：

「這是甚麼？」舒洛眼看小綾看著竹筒的內部看得出神，於是把頭探過來。

「我明白了歌單的密碼了。」小綾自信滿滿的說。

「別賣關子了，『天才推理少女小綾』，快快解

釋！」會長用帶有命令的口吻說。

　　歌名前面的兩個數字，並不是歌曲長度，而
是尋找英文字母的指標，05:09 Happiness is
a Warm Gun，第五個英文字母是 i，而第九
個英文字母則是 s。如此類推的話，就可以從
A Side 和 B Side 兩面分別找到順序的二十個
字母。

　　小綾把信攤在桌子中間，同一時間，智文已經拿出筆記本，把所指的字母一個一個抄下來。

　　智文把筆記本展示給大家看，上面寫著的是：「Side A：ISTEALPAIN，Side B：ONEWEEKLAT」。

　　「但這堆英文字母還是沒法組成一句有意義的句子，甚麼 I Steal Pain，One Week Lat 根本無法理解。然後，我在竹筒上找到了這些排列奇特的英文字母。竹筒分為兩邊，而且中間有大大的 A 和 B，相信就是指 Side A 和 Side B，而當中有幾個字母旁邊，刻意用雕刻刀之類的東西做了記號。」小綾把竹筒遞給大家傳閱。

　　「而有記號的字母，分別是 Side A 的 TGIN，還有 Side B 的 ER，記號還有數量之分，照著記

號數量由少至多排列的話，就可以得出 Side A 的 TING 和 Side B 的 ER；把這些字母加到剛才兩句話的最後，我們就可以得出有意義的句子了。」小綾說完，轉頭過去看著智文，果然，智文已經把句字寫在筆記本上了。

ISTEALPAINTING ONEWEEKLATER

「I Steal Painting ！ One Week Later ！跟《維納斯的誕生》那封挑戰書的意思一樣！」舒洛興奮地說。

「不同，那是『一星期之內』要偷走《維納斯的誕生》，這是『一星期之後』要偷走『畫作』。」小

綾更正。

「學生會並沒任何名畫啊，怪盜輝夜姬為甚麼要把這個竹筒放到學生會的專用郵箱？」會長拿著竹筒，輕輕地向上拋然後自己接回。

「會長！你宿舍就有名畫吧？就在你大廳中，一幅是畢加索立體主義的真跡，另一幅是莫內的印象派畫作，上次我去找資料時就見過。」小綾想起了重要的情報。

「對，分別是畢加索的《賈桂琳與花》（Jacqueline with Flowers），還有莫內的《睡蓮》（Water Lilies）。所以怪盜輝夜姬是看上了這兩幅畫了？」會長每天看著這兩幅畫作，從來不覺得它們是甚麼寶物。

「會長，這兩幅畫加起來，可能值一億美元以

上啊。」智文一邊用手機查資料，一邊說。

「所以這就變得很合理了，怪盜看上了價值一億美元的油畫。但問題來了，畫作有兩幅，但挑戰書中的卻是 Painting，而不是 Paintings，那究竟怪盜輝夜姬是看上了哪幅畫作呢？」小綾提出疑問。

「這不是重點吧，重點是我們要先加強保安。」副會長一向是最務實的人，她已經打電話給管家安排保安的事宜了。

「我想到了，我們之間的推理對決就以『怪盜輝夜姬』來決勝負吧！」舒洛也沒有理會小綾提出的疑問，直接提出對決。

「你的意思是，誰先捉住怪盜輝夜姬，又或者誰可以阻止她把油畫偷走的人就算勝利？」會長反問。

「沒錯，我們一起行動，一邊保護你宿舍內的名畫，一邊捉住怪盜輝夜姬的尾巴。要是成功的話，我們都會變成這世上的名人了。」舒洛臉上掛著一個天真的笑容。

「我對這種推理比試沒興趣。」小綾拒絕這個提議。

「小綾！來吧！反正我也會委託你保護我家名畫的，你就順道接受挑戰吧！」會長走過來，捉住小綾的手說。

「現在第一步，我們要確保畫作不要在升級保安前被偷走；然後，我們需要找一個可以鑑定名畫的人，確保掛在會長家中畫作的真偽。」小綾知道自己拗不過會長，只好點頭應承，並且已經開始想下一步。

會長有氣勢地大喊。

小綾看著興在頭上的會長，不禁搖了搖頭。

這時候午休結束的鐘聲響起，眾人中止了討論，分別回到各自的課室上課。

第 **4** 章
尋找公證人

放學後，會長下令
大家分成兩組，自己、
智文、晶晶和小綾
去商業區中的畫
廊尋找名畫

鑑定專家，而副會長、思昀和盈盈就去宿舍，和
管家們合作佈置加強保安的
事。至於推理學會三人
眾則沒有出現，她們
有她們自己的調查
方式。

　　根據智文所述，畫廊的老闆本來是皇家藝術學院的油畫教授，退休後才來到這商業區開畫廊，是非常可靠的專家。

　　四人來到商業區，在一家相當有氣派，以黑色作室內設計主色調的畫廊前停了下來。

　　「就是這裡了，當老闆知道事情的原委之後，一定很樂意幫助我們的。」智文指著大門對大家說。

　　四人進入畫廊，入面卻是空無一人，各種畫作掛在牆上，特製的燈光讓名畫以最佳的狀態顯示在大家面前。智文快步地在這個偌大的畫廊中走了一圈，但也沒有發現畫廊老闆的蹤跡。

　　小綾覺得這個地方氣氛有些異常，開始四處視察，但除了空無一人之外，這地方又真的只是一個現代化的畫廊。

這時，大門打開了，打開門的是一個大家都熟悉的臉孔，羅勒葉學生會的副會長 —— 陳非凡（阿煩）。

「咦？怎麼你們會在這裡？」阿煩先對大家打招呼。

「你呢？怎麼你會在這裡？」會長沒打算回答他的問題，直接反問。

「我是這裡的常客啊！老闆出去了嗎？我是來找他聊關於藝術的事的。」阿煩回答。

突然，畫廊深處傳來木門被推開的聲音，小綾早就有準備，循著聲音的方向跑去，看見一位穿著整齊西裝的老人正推開一道藏在畫作後的暗門，進入畫廊。

「呃，你好……你是？」暗門被小綾撞破，老

人顯得有點尷尬。

「我叫張綺綾，是聖迷迭香書院學生會的總務。你是這畫廊的老闆，對吧？」小綾有禮地回答和詢問。

「嗯，你們學生會來找我有事？」老闆把暗門關好，一臉腼腆地走到眾人前面。

「先不說這個，那道暗門是通向商業區黑市的，對吧？」小綾一邊問老闆，一邊把頭轉向阿煩；當看到「暗門」和「阿煩」這個組合時，小綾已經猜想這會不會和羅勒葉高校的「學分黑市」有關。

「黑市？那是甚麼？我不明白。」老闆說。

「別裝了，名畫是一種奢侈品，對於在商業區只能用學分購物的羅勒葉高校生來說，是最不可能會買的東西吧？就算是學

級成績相當不錯的阿煩，也不會把珍貴的學分用來買名畫吧？所以阿煩出現在這裡的原因，一定不是來買東西的。那麼，除了這裡是可以把錢和學分對換的黑市之外，我就再想不出是其他原因了。」小綾咄咄逼人地說出她的推論。

羅勒葉高校實行「學分制」，每個星期日校方會根據當星期的測驗總排名來分配學分給同學們，同學在商業區只能用學分購物，最低分的學生會連三餐溫飽都成問題。

「真的瞞不過小綾你啊……這裡其實是我求老闆替我做的一個秘密基地。」阿煩知道自己騙不過小綾，乾脆承認，他打開暗門，帶著眾人進入地下室。

地下室內部非常寬敞，放著幾十張學習桌，

其中超過一半以上，都有羅勒葉高校的學生坐著，

由私人的家庭教師替他們進行功課的輔導。

「這裡並不是黑市，只是我經營的一個秘密

基地，為那些不夠學分的人提供食物，還有家庭

教師為成績不好的學生作一對一的指導。這在我

們校方來說，是違規的，如果傳出去

的話，我會被退學，而老闆則

會被趕出商業區。」阿煩雙手合

十，語帶懇求地對眾人說。

「歸根究底，這都是

『學分制』的問題。」會長若

有所思地說。

「對啊！這根本是一個不公平的制度，一直欺

壓著成績不好的學生！」阿煩和議。

「你有足夠老師嗎？要不要我幫忙安排一下？膳食費呢？足夠嗎？」會長覺得被困在地下室補習的這班同學很可憐，打算伸出援手。

「那我先謝過了，但我也不知道我有甚麼可以報答你們。」阿煩沒有推搪，立即接受了會長的好意。 智文明白會長的心意，未等會長開口或示意，已立刻把怪盜輝夜姬要偷會長家中的畫，和推理學會要挑戰小綾的事，一五一十向阿煩和老闆娓娓道來。

「即使你不幫忙基地的事，我也想去看看畢加索的《賈桂琳與花》，還有莫內的《睡蓮》呢！」老闆一邊摸著自己下巴的鬍子，一邊笑不攏嘴地向會長説。

「我也一樣！就讓我作為推理對決的評判和公

證人吧！不過話要說在前頭，我可不會因為你們

幫忙基地的事而偏幫你們啊！」阿煩雀躍地說。

我們家的「天才推理少女小綾」
才不需要你偏幫呢！
她一定會堂堂正正地取得勝利的！

會長伸出手來拍了拍阿煩的肩膀。

小綾不禁搖了搖頭，再輕輕的歎了一口氣。

第 5 章
名畫盜竊攻防戰

《賈桂琳與花》

當會長和小綾等人帶著畫廊老闆和阿煩回到宿舍時，已經是晚上六時左右。這時副會長、盈盈、推理學會三人眾和管家由美都齊集在宿舍的大廳前，大廳的樓頂非常高，上面掛著超大型的水晶燈，牆上高高的掛著兩幅名畫，分別是畢加索的《賈桂琳與花》和莫內的《睡蓮》。

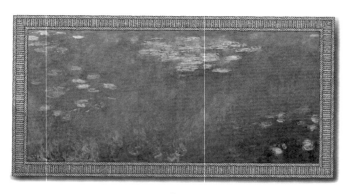

《睡蓮》

「我們帶來了名畫鑑定的專家，先由他去看看那兩幅畫的真偽吧！」會長率先發言。

管家由美為畫廊老闆拿來了梯子，讓老闆可以爬上去近距離地觀察。首先是畢加索的《賈桂琳與花》，老闆拿著放大鏡，仔細地觀察這幅名作；然後是莫內的《睡蓮》，老闆一樣拿著放大鏡，逐吋逐吋地細心鑑定畫作。

「這兩幅畫很大機會是真跡，筆觸和油墨的厚

薄分毫不差，而所用的畫布也是當年的東西。」畫廊老闆從梯子上爬下來。

「很大機會，即是還有是膺品的可能？」小綾對於每個用字都很敏感和執著。在這件事上，差不多是不夠的。

「對，單用肉眼察看，我是沒法達到十足十的肯定，要接近 100% 肯定的話，需要精密儀器和化驗。」畫廊老闆回答。

「是用碳十四鑑定法來看畫布的年份嗎？」盈盈忍不住插口。

「這也是其中一種方法啦，不過碳十四定年法

的誤差也很大，如果仿品不是近代仿造的話，就能輕易瞞過去。現在比較流行的方法有指紋鑑定法，直接鑑定畫作上有沒有畫家本人的指紋，甚至是用電腦分析影像，把影像分成幾億個像素，再和真品的記錄比對等等。」畫廊老闆如數家珍。

「這都不是重點啦，這是我家的畫吧，沒有被掉包吧？」會長問。

「嗯，至少對我而言，這兩幅已經是真跡無誤了。」畫廊老闆一臉認真地確認。

「我翻查了防盜鏡頭的錄像，這一星期內，完全沒有任何人用梯子或者其他任何方法接近畫作。」管家由美搶在會長發問前，就準備好答案。

「那麼大家都同意，在今天六時十三分開始，這兩幅畫都『還沒有』被偷去，對吧？」身為推理

對決公證人和裁判的阿煩，對小綾和舒洛說。

「沒問題。」舒洛答覆阿煩，而小綾則不情願地對阿煩點了一下頭。

「至於保安方面，收到紫語的指示後，我已經立刻增加了三倍的人手站崗和巡邏；加上這個大廳內安裝了動態識別裝置，只要有人在這個大廳內活動，我就會立刻收到通知。」管家由美報告著。

「所以如果有除了我們之外的任何人進來這房間，你就會知道？」會長問。

「而且我會立刻通知你們。」管家由美用平靜的語氣說。

「這樣不夠，我們的對手可是那個神出鬼沒的怪盜輝夜姬啊！這種程度的保安一定會被破解

的。」這裡的首席輝夜姬擁蘆舒洛説。

「我反而覺得這樣就足夠了，如果是一般的竊賊，反而要加強保安，但以她的名氣和性格來看，她是不會用普通方法潛進來偷的。」小綾看著那兩幅油畫，思考怪盜輝夜姬究竟會如何把畫偷走。

「既然你們不打算再提升保安，那我們就自己來，我們三人會日以繼夜地在這裡看守，直到捉到輝夜姬為止！」舒洛已經下定決心。

「你們是可以有你們的調查方式啦，但這裡是會長的宿舍，先要她允許才行啊！」小綾用手掌按著自己的前額，不太想理會舒洛。

「我是可以啦，只要你們一直留在這大廳的話；由美你可以幫我給她們安排一間客房嗎？她們會在這裡住一星期以上的。」會長攤開雙手，不

以為然地說。

「明白。」管家由美簡單地答應。

「慢著！」小綾好像突然想到甚麼似的。

「小綾！你想到那個輝夜姬要用怎樣的方式偷到這兩幅畫了嗎？」會長臉上露出一個滿足的微笑。

「我只是有一個簡單的猜想，如果怪盜輝夜姬之前扮成專家去偷走《維納斯的誕生》，只要重施故技，就可以輕易地偷走會長宿舍的名畫了。」小綾說。

「但畫廊老闆一定不是怪盜輝夜姬吧！輝夜

姬應該更年輕一點，而且，是個女性。」副會長突
然插口。

「錯了，沒人見過怪盜輝夜姬的真面目，他可
能是男的、可能是女的，也有可能其實是一個集
團，只是以『怪盜輝夜姬』這個名義在進行偷竊活
動的一群人。」小綾一邊說，一邊皺著眉，一副欲
言又止的表情。

「所以？」會長和小綾一起久了，知道小綾一
定是有些不太易開口的請求，才會擺出這副表情。

「我認為不只畫廊老闆，我們在場每個人都有
可疑！輝夜姬是一個易容高手，只要扮成我們其
中一人，就可以大模大樣地出現在這個犯案現場
而沒有人會懷疑了。今天是寒假結束回校的第一
天，要扮成我們其中一人，這正是最好的時機。」

小綾的目光掃向每一個在場的人，大家被她凌厲的眼光刺到，心中不寒而慄。

「你打算逐個盤問我們？」副會長反問小綾。

「不是，我打算把這裡變成一個密室。在接下來的一星期間，除了上洗手間和睡覺之外，我們所有活動都要在這個大廳內進行，這樣我們就可以互相監視，而身為假貨的那個人，在一個星期這麼長的時間裡，一定會露出馬腳。」小綾提出一個驚人的提議。

「這……這樣不好吧？那豈不是我們都要被軟禁在這？」阿煩率先開口。

「但這樣才是最萬全的方法，只要完全封鎖這裡，而畫還是被偷的話，就可以鎖定怪盜輝夜姬一定是我們的其中一人了。」小綾雖然亦隱約覺得

這種歇斯底里的方法有點不妥，但這已經是她現在能想到最直接的方法了。

「小綾，你真的覺得這是最好的方法？」連會長也有點猶疑了，畢竟要被困在這個大廳內一星期並不是甚麼有趣的事情。

「我贊成小綾的做法，要做，就徹底一點！如果可以用我們在這裡待一星期這個代價來捉住世界聞名的怪盜輝夜姬，我認為值得。」副會長在冷靜地權衡輕重。

「好吧，既然連紫語都這麼說了，大家就屈就一下，在這裡住上幾天吧。」這世上能說服會長的人，大概就只有小綾和會長的親妹妹了。

「那我現在確認一下，這裡有我、會長、副會長、晶晶、智文、盈盈、阿煩、畫廊老闆、管家

由美，還有推理學會三人——舒洛、卉華和菲菲在這裡，由這一刻開始算起，直到找出怪盜輝夜姬的真正身份前，除了上廁所和睡覺之外，大家都不可以離開這個大廳。」小綾點算著人數。

「咦？思昀呢？她不是跟紫語你們一起的嗎？」會長發現思昀不在現場。

「剛才出發時，我在學生會室找不到她，而且時間趕急，我就自己先出發了。」副會長理所當然地說。

「這也難怪。」會長說完，心中覺得思昀既然懂隱身術，那麼副會長找不到她是正常的。

「我不可能是怪盜輝夜姬吧？我只是被你們邀來作推理對決的裁判的，而老闆則是來鑑定名畫的，我們可以回去了吧？」阿煩看來真的不想被困在這個大廳內。

「你沒聽清楚嗎？小綾說在這裡的十二個人，每一個都有可能是輝夜姬假扮的。」會長的話散發著一種讓人無法反駁的氛圍。而且，阿煩和老闆都知道，在這裡如果違抗會長的命令，後果會不堪設想，聖迷迭香書院學生會會長就是有這種掌

控一切的權力。

「紫晴，我已經安排好八間客房給客人們使用了。」管家由美快速地安排好一切。

「很好，紫語，你去跟兩校校方安排一下，說我們這個星期都用遙距學習的方式上課吧。小綾和推理學會三人眾專注去找出怪盜輝夜姬；而老闆和阿煩呢，我會賠償給你們的，不用擔心。」會長的決斷力驚人，立即就分配好工作。

「盈盈，你可以幫我準備一個室內定位的 App 嗎？然後大家都安裝這個 App，讓每個人都知道大家在這個大宅之內的位置。」小綾把盈盈叫過來。

「沒問題，給我一晚時間。」盈盈爽快地答應。

就在大家安頓一切的期間，管家由美在智文

的幫忙下，已經在大廳中心的桌子準備好了豐盛

的晚餐，經過了一整天的折騰，大家都餓了。

第 **6** 章

時間小偷

　　小綾、會長、副會長、晶晶、智文、盈盈、阿煩、畫廊老闆、管家由美、舒洛、卉華還有菲菲一共十二個人，在這個大廳內已經生活了一個星期了。期間，沒有任何人接近兩幅名畫畢加索的《賈桂琳與花》和莫內的《睡蓮》，也沒有任何人有可疑的舉動。早上眾人在大廳內透過互聯網遙距學習，管家由美照顧大家的起居飲食，而畫廊老闆則在大廳內透過網路拍賣繼續做生意。大家可以從盈盈開發的 APP 中，看到自己和其餘十一人身處的位置，而且所有位置都被記錄下來，可以供大家查閱。

今天就是怪盜輝夜姬在挑戰書中所説的「One Week Later」了，究竟會發生甚麼事？

晚上八時，大家在這裡已經住滿七天，畫作還是文風不動地掛在牆上，晚飯時，大家都知道事情不會這樣簡單就完結，怪盜輝夜姬既然送來了挑戰書，期限已滿，她一定會出現把畫作偷走。

「我還未知道究竟誰才是怪盜輝夜姬，或者她打算怎樣偷走這兩幅畫作，但至少，我知道我們當中，有人在説謊。」小綾在管家由美端上甜品的一刻，對大家説。順帶一提，今天管家由美

準備的甜品是紐約芝士蛋糕。

「那是誰？」這問題引起了會長的興趣。

「在這幾天中，我和晶晶一起調查我們十二人在這個寒假中究竟做了甚麼，還有去了哪裡。會長和副會長到美國和家人一起過聖誕和新年，管家由美和智文也有一起去；盈盈和思昀都沒有離開自己的宿舍，分別沉醉於自己的興趣當中；晶晶和她的親姐姐及幾個朋友到了東京購物度假；阿煩和畫廊老闆也沒有離開商業區和校園範圍；舒洛到了倫敦探望朋友，卉華去了瑞士滑雪，而菲菲則是去了巴黎旅遊。」小綾沒有直接回答會長的問題。

「我們放假要去哪兒是我們的自由吧？關你甚麼事呢？又關怪盜輝夜姬甚麼事呢？」舒洛連續

提出三個問題。

「問題就是來自你們，你和菲菲早在寒假開始前三天，就已經另行告假出發去歐洲，但當一星期前你們來找我時，卻說在舞會那天在台上見過我，舞會那天可是寒假的前夕，你們根本就不在舞會現場吧？」小綾沒有回答舒洛的問題，反而提出另一個問題。

「哎……」舒洛一時答不上話來。

「那又怎樣？舞會當天的片段，早就被同學們都上傳到社交網站了，基本上兩校學生全都看過的。」菲菲反駁小綾。

「但舒洛當天對我說的，卻是『當時我站在很近舞台的地方』這樣具體的話……」小綾指出矛盾。

「或許是我記錯也說不定。即使是我記錯又如何？我在不在舞會現場，根本與怪盜輝夜姬無關吧！」舒洛回過神來，開始截住小綾並回嗆。

「也許真的無關，但卻改變不了你們兩個說謊的事實。而且，重頭戲還沒上場呢！晶晶，我交給你來解說。」小綾用叉子把芝士蛋糕切出一小塊，再沾了酸忌廉來吃。

「對，更驚人的事實要來了，卉華是確實有參加舞會的，而且之前有不少女生來找我，希望登記卉華成為她們的舞伴。但那是一個聯校活動，規定舞伴要來自羅勒葉高校，所以當時我已經

一一地拒絕這些請求了。然後寒假開始，卉華這個運動健將毫不意外地到了瑞士滑雪。但問題來了……」晶晶在這個位置稍為停頓了一下。

「怎樣？怎樣？」會長完全被這個話題吸引住了。

晶晶沒有立刻回答會長，反而把電話拿出來，打開擴音器放在桌子中間，電話正在撥號給一個姓名是「卉華」的人。

「喂？晶晶嗎？」電話另一方傳來和卉華一模一樣的聲音。

「是我是我，你的腳傷有好轉了嗎？何時才可以從瑞士回來？」晶晶不慌不忙地問。

「好很多，下星期。」電話那邊的卉華，和她們現場這個卉華一樣，惜字如金。

「你要保重啊，下次不要再挑戰太高難度的雪道了。」晶晶開始對著電話和那邊的卉華聊起天來，真不愧是晶晶，所有人都是她的朋友。

「知道。」卉華再次用一個單詞回答。

再寒暄幾句之後，晶晶就把電話掛掉了。

「我不知道你是不是怪盜輝夜姬，但我可以肯定，你並不是真正的卉華。真正的卉華在瑞士滑雪時受傷，小腿骨折，在這個星期間一直留在瑞士的醫院。而舒洛和菲菲明顯也知道你不是真正的卉華，所以才說謊來騙我們的。」只要給小綾抓

到一點點蛛絲馬跡，她就可以開始接近真相。

　　眾人的目光一起投向卉華，卉華顯得有點慌張，連忙站起來打算逃跑，但這種時候，身材高大反而害了她，她在站起來的時候被椅背勾住了

口袋，在用力一扯之下，口袋登時被扯成一塊布片。

　　同一時間，一顆大型的鋰電池從卉華的口袋中掉下來，喀嚓喀嚓地在地上反彈了幾下。

　　小綾一個箭步去把那鋰電池撿起來，發

現和班主任使用來充電的電池是同一個型號，換言之，她們面前的這個卉華，跟班主任一樣，是用機械和人工智能合成出來的人造人。

卉華見事情敗露，決定再也不裝，張開嘴巴然後噴出不明的有色氣體。

「不妙，這是催眠氣體，快把口鼻掩⋯⋯」小綾還沒說完這句話，就失去了意識。

房間內的其他人也因為氣體一一昏迷了過去。

不知道過了多久後，小綾終於醒來，她驚覺自己身處一個似曾相識的地方。一座小型的圖書館，地方不太大，只有一間課室左右的大小，圖書館內有一張可坐最多六人的閱讀桌，其他地方則滿滿是可移動式書架，藏書量相當豐富。

沒錯，這正是襲擊麵包店事件時，學生會眾人被囚禁的密室，又或者是跟那個密室裝潢一模一樣的地方。

小綾目光在室內轉了一圈，發現學生會的伙伴都被囚禁在這裡，會長、副會長、晶晶、智文、盈盈加上小綾自己，總共六個人。

上次盈盈和晶晶沒有被困，全靠她們收到小綾的暗示，才令大家得以逃脫，但今次在外面的，卻是經常窩在學生會室專用圖書館的思昀，情況不容樂觀。

除了小綾之外，其餘五人還是處於昏迷狀態，小綾也不急於叫醒她們，沿著樓梯通過暗門到達了圖書館上的車庫，車庫內空無一物，連上次那部阻擋暗門的洗衣機亦被移走了。

　　小綾從水龍頭掏了一點水，洗了洗自己的臉，好讓自己清醒一下。如果卉華是由怪盜輝夜姬操控的機械人，兩幅名畫現在一定凶多吉少，但問題是，為甚麼怪盜輝夜姬要把她們困起來？而且還要使用上次蒙面男使用過的密室？

　　難道這其實不是怪盜輝夜姬的計謀，而是蒙面男的計謀？他要偷這兩幅畫來做甚麼呢？同樣地，如果目標是畫作的話，根本不需要把她們困起來，如果目標不是畫作的話，那真正的目標是甚麼？

　　小綾一邊思考，一邊走回地牢圖書室，她走到智文身邊，輕輕地把她拍醒，還問她拿了竹筒挑戰書的筆記來研究。而智文醒後，則由她逐一把學生會的成員喚醒。

　　大家都很驚訝自己又再回到了這個密室當中，

而且同樣直覺地覺得那是蒙面男做的好事，大家

都把目光投向小綾，希望從她那邊可以得到答案。

　　「I Steal Time！糟了，怪盜輝夜姬，不，蒙面

男要偷的，是我們的時間，而不是那兩幅畫作！」

小綾入神地看著竹筒挑戰書，然後恍然大悟地大喊。

第二次密室逃脫

眾人屏息靜氣，等候小綾解釋她那句話的意思。

「我之前就已經開始懷疑，但現在我幾乎可以肯定了……」

小綾先拋下一記震撼彈：「阿煩就是那個搶劫麵包店，還有上次囚禁我們在這裡的蒙面男！」

「甚麼？」首先有反應的是晶晶。

「那你為甚麼不揭穿他？還讓他做這次推理對決的裁判？」會長用凌厲的語氣一連問了兩個問題。

「當時我沒有足夠的證據，也不明白他的動機，如果揭穿他就打草驚蛇了。而這次，則是我的錯，在看這個竹筒挑戰書時，我忽略了入面真正的意思，所以才不知就裡的讓他成為了裁判。」小綾咬牙切齒的說，大家都從她的表情當中見到她的悔恨。

「究竟是甚麼讓你肯定他就是蒙面男呢？」晶晶無法把事件串連起來。

「那是動機的問題，究竟蒙面男之前為甚麼要把我們囚禁在這裡呢？又究竟為甚麼今次要藉由偷名畫這件事而再次把我們囚禁在這裡呢？有這

種需要的人，就只有那個一直想改變學分制度，但又甚麼都做不了的陳非凡了。」小綾説完，拿出智文之前手抄的筆記本，裡面有那張 The Beatles 歌單和兩面竹筒的奇怪英文字母。

A Side
05:09　Happiness is a Warm Gun
10:04　Here comes the Sun
12:03　Yellow Submarine
06:19　Sgt Peppers Lonely Hearts Club Band
03:04　Think for Yourself

B Side
07:18　I Want to Hold Your Hand
05:10　Norwegian Wood
02:05　Yesterday
11:01　Lucy in the Sky with Diamonds
04:12　Please Mr Postman

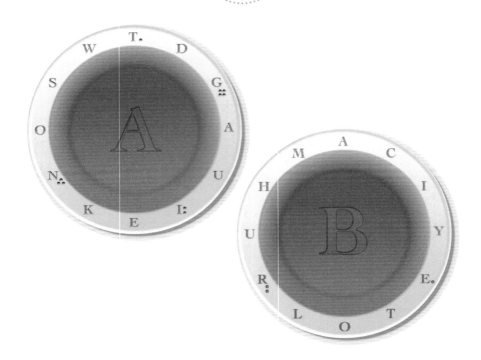

　　「這個歌單還藏著一個謎題，沒有把這個解開的我，在當時當然就忽略了他真正的用意了。」小綾開始糾正自己先前的錯誤。

　　「等等，即是說發出這封信的人並不是甚麼怪盜輝夜姬，而是蒙面男陳非凡？」會長好像明白了甚麼。

「對，由始至終，真正的怪盜輝夜姬都沒有對會長大廳的畫作有興趣，也沒有來過我們的校園；所有事，都是蒙面男做的。」小綾答。

「那即是我們白白地在大廳內待了一整星期？」盈盈也忍不住發聲問。

「那是我的錯，如果我不是現在才解開竹筒之謎，就不用白白浪費了這整整一星期了。」小綾指著智文的手抄筆記本，開始解說：「之前我解破那個『I Steal Painting，One Week Later』其實是一個偽裝，真正的訊息，有另一個解讀方法。歌名前的不是單純的數字，

而是一個時間，像 05:09 Happiness is a Warm Gun 中的 05:09，就是五時零九分的意思。」

「而竹筒上那兩個圓形，其實是一個鐘面，05:09 時，時針就會指在 Side A 的『I』字上，如此類推，10:04 代表『S』，12:03 代表『T』……」

「那麼組合了 A Side 和 B Side 之後，得出的結果就是另一句句子，『I Steal Time』，『我偷的，是時間』。」智文又再快速地把箭嘴和句子寫在筆記本上。

「沒錯，其實這個怪盜要偷的，是『時間』；他想把我們困住一段時間，而這段時間中，他就可以奪取我們學生會的權力。上次，他想要的是會長和他一起去『改變這世界』，說穿了，是想借助會長的權力，去改變學分制和兩間學校的制度吧。

所以我一看到這句『I Steal Time』，我就肯定，那全都是陳非凡幹的好事。」小綾的推論非常合理。

「所以他才在畫廊出現？」智文問。

「這個我想是偶然的，因為要偷我們的時間的話，如果同一時間他也被困了起來，那豈不是前功盡棄？」小綾用手指敲著自己的額頭。

「我明白了，所以他當時才一直想離開！」會長拍了一拍桌子。

「他原本的計劃應該是用卉華機械人的氣體

把我們弄暈，想不到他已經掌握了這種人工智能和機械人的技術了。但幸運地，我們誤打誤撞地把他也困起來，他才要一直等到最後一刻才出手，但這也暴露了他的真正身份。」小綾改為用手掌托著自己的額頭。

「那我們現在快點出去阻止他吧！」會長迅速地過渡去下一步，這種決斷力和行動力在整個學生會中都無人能及。

「不用急，在決定留宿在會長家開始，我就把盈盈開發那個 APP 傳送給我的管家小艾了，如果我們失蹤了，她很快就會知道，然後用手機訊號追蹤到我們在哪裡的。」小綾又再一次用手指敲著自己的額頭，怎麼現在才想起這件事呢。

「我有照你的要求，除了室內定位外，全球衛

星定位的資料我都有記錄下來。」盈盈驕傲地說。

　　當盈盈說完這句話後，小艾帶著會長的專用軍團攻入圖書館地下室，迅雷不及掩耳地救出了眾人。

　　小綾她們被救出後，知道自己大約失蹤了廿四小時，小艾在找她們時遇上了一些阻滯，全球衞星定位的資料有被改動過的痕跡，讓她浪費了不少時間。

　　學生會的各人回去宿舍休息，大家打算明天在學生會室集合，決定要怎麼做。

　　一月十二日的早上，陰陰的天襯托著小綾複雜的心情，她再沒有閒適的心情去觀賞沿路步道上的鮮紅色玫瑰，沒有和任何人打招呼，更沒有回去課室，就直接往學生會室走去。

　　學生會室的大門，卻沒有像往常一樣自動打

開，小綾自己把門打開，發現裡面卻站著一個不應該出現在那裡的人，羅勒葉高校學生會的會長，鄭宇辰，阿辰。

「咦？小綾，你怎麼還在這裡？現在就要去禮堂啦！」阿辰親切地對小綾説。

「去禮堂做甚麼？」小綾一臉不解。

「今天是兩校第一屆聯合學生會的成立典禮啊！你忘記了嗎？」阿辰也是一臉不解地看著小綾，以他認識的小綾，是沒可能忘記今天的重要日子的啊！

「兩校第一屆聯合學生會？

這究竟是甚麼？你快點解釋給我聽！」小綾心中閃過百千個可能性，而這些可能性之中，沒有一個是好消息。

　　「阿煩和你們會長在幾日前談好，要合併兩校的學生會，今天正是成事的日子，你怎麼了？身體不舒服嗎？怎麼可能忘記這樣重要的事？」阿辰摸了摸小綾的額頭，確認她沒有發燒。

　　小綾沒有理會阿辰，自己一個轉身飛奔向學
校的禮堂，所有學生都已經聚集在學校禮堂中，
整個禮堂寂靜一片，因為禮堂的台上正發生一件
不可思議的事。

　　台上面總共有兩個會長、兩個副會長、兩個智文、兩個晶晶、兩個盈盈，還有另一個小綾和唯一一個沒有重複的思昀。

　　小綾衝上台上，左邊有五人，分別是會長、
副會長、智文、晶晶和盈盈，右邊則有六人，多
了一個小綾站在那裡，於是剛衝上台的小綾很自
然地站到了左邊，形成了兩組六個一模一樣的人
對峙的局面。

　　「這是怎麼回事？為甚麼會這樣？是東野圭吾
的《分身》嗎？為甚麼大家都出現了分身體？」思
昀抱著頭大叫。

　　「因為她們是冒認的！」阿煩從台的另一邊走
出來，指著剛走上台的小綾大喊。

　　「你們才是冒認的，那邊的六個全都是阿煩你
操控的人工智慧機械人吧！」站在左邊的會長吆
喝。

　　「你有甚麼證據嗎？在我而言，突然衝上台的

你們才更可疑，你們是冒認的！」站在右邊的會長反唇相譏。

剛衝上台的小綾面對著這十二個學生會的成員，心中再次閃過百千個可能性，而這些可能性之中，再一次，沒有一個是好消息。

阿辰這時趕到禮堂，看見了這種場面，登時嚇呆了，一步一步地走到台中間。

「這……這是怎麼了？」阿辰緊張得口吃。

「有人冒認我們學生會的成員！」六個人那邊的會長先發制人。

「對，就是她們，她們是假的，是阿煩操控的人工智慧機械人。」五個人這邊的會長立刻反擊。

事件擾攘了一陣，由於有兩組聖迷迭香書院學生會的成員在，那個兩校第一屆聯合學生會的

成立典禮自然就不能正常開始了。

「這樣吧，我們舉行一個答問大會，決定你們哪一組才是真正的學生會成員吧！」阿辰突然想到。

「好啊！真金不怕紅爐火！」六個人那邊的會長立刻答應。

「來啊！誰怕誰？」六個人那邊的會長也不甘示弱。

　　這時，剛衝上台的小綾驚呼一聲，指著六個

人那邊的會長！

CASE 4
NOT CLOSED YET
TO BE CONTINUED ......

假會長蒙面人之合謀

小綾解開了真假學生會之謎！
她發現問題並不單純，
於是想到由自己化身為怪盜輝夜姬，
去幫助學生會解決目前這個危機。
究竟學生會內部存在著甚麼矛盾呢？
而小綾又能否成功把
這些隱憂解決？

經 已 出 版

穿越夢工場

作者 耿啟文　　繪畫 KNOA CHUNG

1-10 期 全套經已出版　　完完整整 完美收藏

最受小學生喜愛的本地作/畫組合

耿啟文 聯乘 Knoa Chung

繼 **穿越夢二場** 後，又一全新力作！

歡迎加入冒險旅團

一起前往魔幻奧茲國

追尋★愛★勇氣★智慧★成長蛻變！

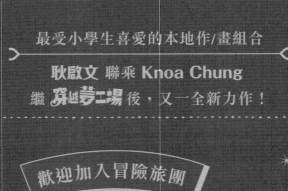

桃樂絲與友伴們的全新奇幻旅程
浩浩蕩蕩出發囉！

2022年夏季出版　敬請密切留意

奇幻的綠野仙蹤

之旅

誠邀你一起加入！

童話夢工場 系列叢書 2022 最好玩新作！

超神準！
解答成長疑問的
心理測驗

40 條有趣的場景題目，組成上卷·〈自我個性與人際關係篇〉
及下卷·〈升學志向與未來發展篇〉，
讓你在成長期裡，探索自己的人格、能力和興趣！

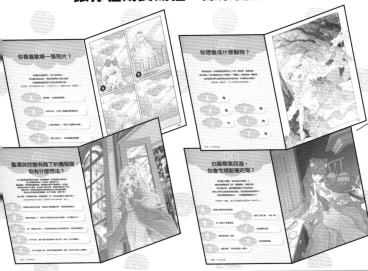

P.S.
全彩配圖如畫冊精美，
賞心悅目啊！

全 **2** 冊
暫定 2022 年 7 月
書展出版
♥
一起心思思

超人氣畫家 **余遠鍠** ✕ 鬼才作家 **陳四月**
攜手開創「**吸血新新新世紀**」！！！

·我的· 吸血鬼同學

vol.1-13+ 番外篇　　經已出版

vol.13
齊天大聖現真身

人界的陰謀密佈，操控不死殭屍大軍的虎鹿羊大仙跟傀儡忍者兵在謀劃破壞和平。
公會獵人丹妮絲與徒弟艾爾文和艾翠絲聯同的吸血鬼王子阿諾特追查此事，
卻因為線索少之又少而墮入重重迷霧之中。

花果山山頭上，來自帝都的軍隊來襲，紅孩兒、鐵扇公主以及黑牛帝實力強橫，
以雷霆萬鈞之勢入侵猴妖們的領土！大戰一觸即發，迦南與一眾學生出手抗敵，
可是即使加上老師唐三藏，還是節節敗退！齊天大聖孫悟空能及時出現擊退來犯者嗎？

安德魯與雙兒、雙雙身處的女兒國表面和平逸樂，不同種族的女性妖魔和睦共存，
但其實女帝鳳禧野心勃勃，企圖一統天下。她跟人界的惡勢力連成一線，蠢蠢欲動……

ST. ROSEMARY COLLEGE

聖迷迭香書院

推理七公主

CASE
4

怪盜輝夜姬的挑戰書

作者	卡特
繪畫	魂魂SOUL
策劃	余兒
編輯	小尾
設計	Zaku Choi
出版	創造館 CREATION CABIN LIMITED 荃灣美環街 1 號時貿中心 6 樓 4 室
電話	3158 0918
聯絡	creationcabinhk@gmail.com
發行	發行泛華發行代理有限公司 將軍澳工業邨駿昌街七號二樓
印刷	高科技印刷集團有限公司 葵涌和宜合道 109 號長榮工業大廈 6 樓
出版日期	第一版 2020 年 10 月 第三版 2022 年 7 月
ISBN	978-988-75064-1-6
定價	$68

出版：

製作：

版權所有　翻印必究 ★ Printed in Hong Kong